E V E L I N E

TOME I.

EVELINE

Aventures et intrigues d'une jeune
miss du grand monde.

TOME I.

ALBANY.
DYLE, SEYMOUR & C⁰.
1892.

CHAPITRE Ier.

MES PARENTS — MON ÉDUCATION — MES
PREMIÈRES AMOURS — TRAHISON DE
MON AMOUREUX.

Je suis la fille unique de Lord S. G., lieutenant général dans l'armée Britannique et fus de bonne heure placée dans une pension renommée près de Portman square, où je devins bientôt un modèle accompli dans tous les arts et toutes les études de mon âge. La danse, le dessin, la harpe, le piano, le luth, m'étaient aussi familiers que les langues française, allemande et italienne. A seize ans toutes les finesses de ces langues m'étaient connues, et j'avais fait une étude si constante de Milton, Schakspeare, Dryden, Pope, Voltaire, Raune, Molière, Corneille, Arioste, Casso Cafieri et autres auteurs célèbres français, anglais et italiens, que je pouvais citer leurs plus beaux passages aussi facilement, que je pouvais nommer toutes les constellations du ciel

et toutes les régions, de la terre. L'Arithmétique,
la géométrie la botanique, l'histoire naturelle, et
les éléments de la chimie même n'avaient plus de
secrets pour moi.

A cet âge où les jeunes filles anglaises sont
encore en bouton, j'étais déjà une femme parfaitement formée et une des plus belles qui aient jamais
traversé la Manche. Que le lecteur s'imagine
une jeune fille de moyenne taille, mince comme
une sylphide, dont le cou, les mains, les bras, éga-
laient en perfection, si elles ne les surpassaient pas,
ceux de la Vénus de Médicis ; des seins blancs d'un
contour adorable, fermes comme des pommes et
brûlant d'un feu ardent de désirs ; qu'il se représente
tout cela éclairé par deux yeux lumineux, plus bleus
que l'azur du ciel, ombragés par des sourcils sombres
et arqués, un nez qui descendait d'un front uni, des
lèvres purpurines semblables à deux pétales d'une
rose nouvellement éclose ; un menton fin et délicat
finissait l'ovale de la figure, dont les joues rosées
annonçaient la brillante santé. Des cheveux châ-
tains souples et brillants tombaient en boucles
découvrant parfaitement le front élevé; si à cela on
ajoute un pied et une jambe faisant l'envie de
toutes les femmes, on aura une légère idée de
l'auteur de ces mémoires.

Mon frère, un garçon de quatorze ans, étant à
Eton, mes parents résolurent de me conduire à Paris
pour y faire mon éducation pendant un couple
d'années; en conséquence nous partîmes donc de
Douvres le 5 Mai 18... sur la Louise, paquebot

français, et nous devions arriver à Calais le même jour sur les 3 heures de l'après-midi.

Notre suite se composait de deux femmes de chambre, d'un cocher et de deux valets de pied, de trois voitures, de six chevaux de trait et de quatre chevaux de selle.

Le temps étant mauvais, et la mer agitée, les femmes furent horriblement malades du mal de mer et furent obligées de quitter le pont. Je me jetai moi-même sur un sofa dans ma cabine, et j'étais si malade, que mon père envoya, pour me prêter assistance son domestique, un beau gars de vingt-deux ans, qui me trouva couchée sur le côté, souffrant horriblement, et presque suffoquée par mon corset très serré. — Voulez-vous que je vous délace votre corset, Miss? me dit-il, il empêche votre respiration, et vous fera certainement beaucoup de mal. Une simple inclinaison de tête lui accorda l'autorisation qu'il sollicitait.

— Je ne puis pas défaire le nœud; puis-je le couper?"

Un autre assentiment muet lui permit d'user de son canif pour trancher la difficulté, puis mettant sa main dans mon corset il dégagea mon sein droit; le choc fut électrique, tout mon corps fut parcouru d'une sensation exquise, délicieuse que me fit frissenner de la tête aux pieds. William s'aperçut de mon agitation et par un autre mouvement de son doigt il se mit à caresser gentiment mon petit nichon. Cette nouvelle sensation me fit presque évanouir, mais, ce qui est fort étrange, mon mal de mer disparut comme par enchantement. Voyant le

désordre de mes sens, et l'incapacité dans laquelle
j'étais de me dégager, il se pencha sur moi et me
déposa un baiser sur la nuque, (car je lui tournai
le dos.) Ce baiser, le premier qu'un homme, ex-
cepté mon père, m'eût donné, me fit monter le
sang au visage; William enhardi par ma passivité
et mon silence, voyant que son baiser avait été
reçu avec plaisir, resserra son étreinte, et par un
rapide mouvement de son bras, il retira sa main
de ma poitrine pour la porter à un endroit que
je ne savais pas encore nommer, mais que je sentais
brûler d'une chaleur intense. Mon premier mouvement fut de retirer sa main, mais son attouchement
m'ôta toute force et je restai dans ses brastremblante
et inerte. Les rideaux étaient tirés de façon à ce que
l'on ne puisse nous voir. William, lamain sur le siège
du plaisir, écarta mes cuises et je les ouvris moi-
même légèrement pour lui en faciliter l'accès.

Quelle délicieuse sensation! pourquoi ne dure-t elle
pas toujours? Qu'est-ce qui peut égaler le premier
attouchement d'un homme? Quelle joie sur terre
peut être comparée au bonheur que je ressentis?

Sentant que je ne faisais aucun mouvement pour
me retirer, William introduisit son doigt, entre les
lèvres de mon mont, et les chatouilla doucement,
ce qui me fit soupirer. Mais, peu satisfait de me
toucher par dessus mon linge, il releva ma robe
et ma chemise, et introduisit cette fois son doigt
dans le bon endroit, il baissa la tête en même
temps et chercha mes lèvres avec les siennes. Délicieux baiser! céleste sensation!

— Ma douce Eveline !"

— Oh! assez, William."

— Je vous adore."

Oh! — et je m'évanouis.

Combien de temps restai-je insensible, je ne sais, mais la première chose que je vis en revenant à moi, ce fut Mary, ma femme de chambre, qui me disait: »Levez-vous, Miss, nous sommes arrivés, et Lord et Lady vous attendent sur le pont pour débarquer."

— Je ne peux Mary, il faut que vous m'aidiez, lacez mon corset."

— Le lacet est coupé Miss."

— C'est vrai je me rappelle que je me suis servie d'un canif, me sentant incapable de le dénouer."

— Souffrez-vous, mon amour, dit ma mère, vous êtes excessivement pâle."

— Ma pâleur est le résultat du mal de mer, chère maman, et je vais être tout à fait bien quand je serai à terre."

— William, aidez Miss Eveline à descendre."

A-demi couchée sur sa poitrine je m'avançais sur le plat-bord, sentant la pression de sa main, que je savourai silencieusement. J'aurais volontiers souffert qu'il me portât ainsi jusqu'à l'hôtel, mais les lois de la société sont contraires à une telle familliarité, et mon père m'offrit son bras.

En arrivant à l'hôtel, je me retirai dans ma chambre, pour changer d'habits, puis je me rendis au salon, où William était occupé avec les bagages. Aussitôt qu'il me vit, il vola vers moi, saisit une de mes mains, et, pliant un genou devant moi, il me dit d'une voix suppliante :

— Me pardonnerez-vouz la violence de mon amour ?"

— Il ne faudra pas recommencer, William, vous savez bien que je ne puis vous écouter."

— Céleste charmeuse ! quel homme pourrait vous voir, sans vous adorer ?"

— Et si mes parents no us surprenaient ?"

— Pouvez-vouz supposer que je vous exposerai à leur colère ?"

— Chut ! j'entends quelqu'un qui vient !"

A dîner je mangeai peu, j'avais la fièvre, je me sentais mal à l'aise, craignant les regards de mon père et de ma mère, et évitant soigneusement les yeux de William, mais le morceau de poulet qu'il me servit, était le plus tendre que j'aie jamais mangé, et le verre de vin qu'il me versa était le plus déliccieux que j'aie bu. Après dîner nous fîmes une courte promenade pour visiter les environs, mais je trouvai que les marais qui entourent Calais sont plus humides que les marais ordinaires, les fleurs que je ceuillis semblaient sans couleurs et sans odeur, et les oiseaux ne me semblaient pas chanter de la même façon que ceux de mon pays natal.

Cette promenade me parut longue, insipide, ennuyeuse, et c'est avec joie que j'obéis quand mes parents me commandèrent de tourner mes pas du côté de l'hôtel.

Pendant toute la soirée je fus agitée et incapable

de rester un moment en place; je sentais un but nouveau à mon existence, quelque chose de manquant à mon être, et que je ne pouvais définir nettement. Je me retirai dans ma chambre avec plaisir, quand la pendule sonna dix heures, signal habituel de notre retraite.

Quand ma femme de chambre fut partie, j'essayai de dormir, mais ce fut en vain; il m'était impossible de fermer les yeux, je me tournai et me retournai sans pouvoir trouver le sommeil. J'entendis la cloche de la cathédrale sonner onze heures, puis douze, et j'étais sur le point de me lever pour appeler Mary, quand la porte de ma chambre s'ouvrit doucement et quelqu'un entra.

— Est-ce vous Mary ? — demandai-je.

— C'est moi charmante Eveline, murmura une voix douce et musicale, l'homme qui vous adore !

— Ciel! William! qu'est-ce qui vous amène dans ma chambre à cette heure de la nuit?"

— Je voulais savoir, belle Eveline, si vous avez besoin de quelques chose."

— Mon Dieu, si mes parents, qui sont là à côté, vous entendaient !"

— Ils dorment trop profondément pour cela, oh ! je vous en prie, ne retirez pas cette jolie main!"

— Non, non William il faut vous en aller !"

— Vous n'aurez pas la cruauté de me renvoyer."

— Vous ne pouvez pas rester, vous m'étouffez avec vos baisers, non ne mettez pas votre main là; eh! bien que faites-vous? vous vous couchez dans mon lit? non, non, ne mettez pas votre genou entre mes cuisses; laissez ma chemise, oh! vous me faites mal, vous me faites terriblement mal, oh! mon Dieu, vous me déchirez. Oh! Dieu!... Oh! seigneur... Oh !... Oh!

— Un peu de patience, chère Eveline, je ne vous ferai pas mal longtemps !"

— Oh! Mon Dieu! Oh ! Ciel !"

— Chère, Chère Eveline quel paradis !"

— Oh! mon William bien-aimé, comme vous m'avez fait souffrir, — et j'inondai son sein d'un torrent de pleurs.

Il n'essaya pas de me consoler, et me laissa pleurer pendant deux minutes, sachant bien que les larmes d'une femme, dans une telle occasion, sont de courte durée et qu'elles se sèchent même natu·rellement.

Mes sanglots ayant cessé, il commença à me caresser par tout le corps, imprimant de chauds baisers sur mes lèvres, sur mon cou, sur ma poitrine, et murmura tout bas à mon oreille:

— Ma chère Eveline me permettra-t-elle de lui donner une autre preuve de mon amour ardent."

— Vous me faites beaucoup trop souffrir, mon cher William."

— J'irai très doucement."

— Vous allez me promettre de ne plus me faire de mal."

— Je vous le jure, mon adorée, couchez-vous sur le dos."

— Oh! vous me faites mal."

— Ouvrez un peu plus vos cuisses."

— Allez doucement."

— Mettez vos bras autour de mon cou, voyez, il est entré complêtement."

Oh! cher ... cher! ...

— Mon adorée! quel céleste bonheur que d'être dans vos bras!"

— Lui serez-vous fidèle au moins à votre Eveline?"

— Jusqu'à la fin de mes jours."

— Oh! cher William, je vous sens jusqu'au cœur!"

— Vous fais-je mal maintenant?"

— Non, mon bien-aimé, vous me donnez un plaisir délicieux. Ah! ... Ah! ..." et je sentis, qu'il versait en moi un torrent de délices, la sensation fut trop forte, je m'évanouis.

Quand je revins à moi, je me trouvais entre ses bras; Il avait élevé une de mes jambes sur lui, nos chemises étaient relevées à nos tailles, nos chairs se toucha ient et je sentais son affaire dure et raide tout contre mon petit orbite.

— Eveline aimera-elle bien son William?"

— Oni, si William promet d'être fidèle à son Eveline!"

— Pourrai-je venir vous voir la nuit?"

— Oui, si vous prenez bien vos précautions pour ne pas être vu."

— Ma chère, permettez-moi de jouir de vous encore une fois?"

— Oui, mon amour; aussi souvent que vous le voudrez."

— Voulez-vous rester couchée, ou voulez-vous que je me mette à votre place?"

— Couchez-vous sur le dos, moncher William, je vais monter sur vous!"

Je me levai, je l'enjambai, et mettant mon petit orifice en contact avec cette grosse chose dure, je la fis glisser en moi. Je ressentis d'abord une légère douleur et de la difficulté, mais la souffrance s'évanouit bientôt quand il commença à bouger; il entrait et sortait avec beaucoup plus de facilité; nos lèvres étaient collées, nous suçions mutuellement nos langues, et quand au bout de quelques minutes je sentis son membre se gonfler, je précipitai mes mouvements.

— Qu'est-ce qui vous fait grossir comme cela, tout d'un coup, mon cher William?"

— C'est que je suis prêt à décharger en vous la liqueur divine; sentez-vous plus de plaisir à ce moment-là, mon amour?"

— Certainement, chéri, c'est un moment de délice exquis; serrez-moi sur votre cœur, cher William!"

— Oh! chérie, je vais décharger!"

— Versez dans votre petite Eveline. Oh!... Oh!..."

Quand nous nous fûmes calmés, je fis remarquer à William qu'il ne serait pas prudent de rester plus longtemps, que nous nous endormirions, et que si on nous surprenait, ce serait notre perte à tous deux, et que devant partir à 6 heures, il fallait prendre un peu de repos auparavant. Il n'y consentit qu'après m'avoir fait promettre de le recevoir la nuit suivante. J'y consentis avec plaisir, et après beaucoup de tendres baisers et d'adieux répétés il me laissa.

Aussitôt qu'il fut parti, je m'endormis d'un profond sommeil réparateur, rempli de songes délicieux, et quand l'alouette annonça l'aurore, je me levai plus fraîche et plus belle que la déesse dont les doigts roses ouvrent les portes de l'orient. Les souvenirs des joies de la nuit répandaient une douce langueur sur toute ma personne.

Je songeais avec délices aux embrassements de mon bien-aimé, et j'aurais volé avec joie dans ses bras pour recevoir sa rosée divine si j'avais pu le faire sans obstacle.

Ciel! qu'est-ce que ceci? du sang sur ma chemise ?

C'est donc vrai qu'une femme saigne quand elle voit un homme pour la première fois; comment vais-je cacher cela à ma femme de chambre? Bah! je vais simplement la mettre en pièces.

Aussitôt dit, aussitôt fait, et la chemise déchirée en mille morceaux s'envola, sur les ailes du vent.

— Là! partez, comme cela vous ne direz rien."

En entrant dans le salon, mon cher père me prit dans ses bras, déclarant que j'étais la plus jolie fille qu'il eût jamais vue. Je rougis avec modestie. Qu'est-ce qui rend une femme plus belle, le matin de ses premières voluptés? Est-ce le souvenir de ses plaisirs ou est-ce le jus rafraichissant de l'homme? Dites-moi cela vous, savants et philosophes?"

Pendant le déjeuner je rencontrai plusieurs fois les yeux de William attachés sur moi, ils étaient pleins d'amour, les miens lui disaient mille choses

Mon père était sorti immédiatement après déjeuner pour donner quelques ordres, et ma mère étant allée payer la note de l'hôtel, je me trouvai un moment seule avec l'objet de mon amour!

Nous volâmes dans les bras l'un de l'autre, et si nous avions eu le temps et l'occasion, nous aurions encore sacrifié à l'autel de cette puissante déesse dont les lois gouvernent le monde, depuis le roi de la création, jusqu' aux animaux invisibles qui naissent et meurent en une heure.

— Comment vous sentez-vous ce matin, ma bien-aimée?"

— Un peu meurtrie, mon cher ami."

—Je vous ai apporté un peu de miel; quand vous le pourrez, frottez-vous un peu avec, cela vous empêchera de souffrir, et vous n'éprouverez plus aucune douleur quand je vous prendrai dans mes bras."

— Je vous remercie, mon bien-aimé, je ferai ce que vous dites."

— Donnez-moi un baiser avant que je ne m'en aille!"

— Un million, mon amour!"

— Cachez bien ce miel, car si on le voyait, cela pourrait éveiller les soupçons."

— A ce soir. A ce soir."

Nous quittâmes Calais à six heures, et nous arrivâmes vers deux heures à Boulogne, où nous prîmes notre second déjeuner. Dans la soirée nous arrivâmes à Amiens, où nous devions passer la nuit. Pendant toute la journée je n'avais pu échanger une seule parole avec William, mais j'avais rêvé tout le jour au moyen de passer la nuit dans ses bras.

Aussi quelle fut ma déception et mon désapointement, en m'apercevant qu'il fallait passer dans la chambre de mes parents pour entrer dans la mienne. Le désespoir s'empara de moi, et quand Mary m'eut quittée, je me jetai sur mon lit, pleurant et sanglotant de dépit et de colère; la séparation me semblait éternelle! Je m'imaginais que je pourrais peut-être trouver une porte secrète qui permettrait à l'adoré de mon âme de venir me trouver, je cherchai dans tous les coins de l'appartement mais hélas, je ne trouvai rien, absolument rien J'arpentai la chambre de long en large jusqu'à environ trois heures du matin, moment où, la fatigue l'emportant, je me jetai sur mon lit, et m'endormis d'un sommeil agité.

Mary, en entrant dans ma chambre le lendemain vers 6 heures, observa mes yeux rouges et gonflés, et me conseilla de les laver avec un peu d'eau de Cologne, J'essayai, mais je ne pus enlever suffisamment leur rougeur pour échapper, à l'attention de mes parents, qui s'informèrent tendrement de la cause de cette inflammation.

— Je n'ai pas pu dormir de la nuit, maman, cette ville est si bruyante."

'— Mais nous n'avons entendu aucun bruit, mon amour, et votre père et moi avons dormi profondément."

— Si nous restions ici un jour de plus, ma chère? Eveline est trop fatiguée pour continuer la voyage?'

— Mais non, papa, quittons cette ville le plus tôt possible au contraire."

— Au moins, ma chère, prenez un repos de quelques heures avant de partir."

— Il me serait tout à fait impossible de dormir, papa, je vous en prie, ne, reculons pas notre voyage, je déteste cette ville, et je ne voudrais pas pour rien au monde passer une autre nuit ici."

— Bon, bon, ma chère, nous ferons comme vous voudrez, mais si vous êtes fatiguée sur la route, aucune considération ne m'empêchera de m'arrêter, car je ne veux pas abîmer la précieuse santé de mon petit ange."

— Vous êtes vraiment trop bon pour moi, papa, je ne mérite pas tant d'indulgence, mais, je vous en prie, faites ce que je veux pour une fois et ne nous arrêtons pas en route."

— Bon, venez toujours déjeuner, William va aller commander la voiture, pour six heures et demi."

Pour ajouter à la cruauté de ma situation, je ne trouvai aucun moyen de parler à William, dont je voyais clairement le dépit et le désappointement. Nos regards se rencontrèrent plusieurs fois, et parlèrent pour nous, plus que les mots auraient pu le faire.

Nous dînâmes à Chantilly, et arrivâmes dans la soirée à Lazarges, où mon père voulut s'arrêter pour la nuit.

— Je vous en prie, cher père, ne nous arrêtons pas, je serai beaucoup moins fatiguée de continuer le voyage que de nous arrêter ici, où nous ne trouverons que de mauvais lits."

— Mais, ma chérie, nous avons encore huit heures

à faire, avant d'arriver à Paris, et rappelez vous que vous n'avez pas dormi la nuit dernière. Il est huit heures passées, et nous n'arriverons à Paris que vers onze heures, avec nos mauvais chevaux, vous serez morte de fatigue, ma chère enfant."

— Oh non, papa, je ne suis pas si délicate que vous le pensez.'

— Eh ! bien alors prenez quelque chose avant de repartir."

— Oui je prendrai volontiers un verre de Négus."

— William, allez chercher un verre de Négus, pour Miss Eveline."

J'étais assise au côté droit de la berline de voyage, la nuit était sombre. Lorsque William me tendit le verre, il glissa sa main sous ma robe entre mes cuisses, je les écartai légèrement pour lui laisser toucher mon petit orifice, et je sentis qu'il y introduisait son doigt; l'attouchement fut délicieux, et produisit instantanément un flot de jouissance, qui me fit répandre presque tout mon verre de liqueer, que je sirotai lentement. Cette action cependant me rendit ma sérénité et j'arrivai à Paris, tranquille, et remplie de délicieuses espérances.

En arrivant à l'hôtel Meurice rue St. Honoré, je vis avec joie, que ma chambre, quoique contiguë à celle de mes parents, ne communiquait pas avec elle, et que rien ne m'empêcherait de recevoir la nuit le bien-aimé de mon âme.

Je fis ce soir-là une toilette minutieuse, et même, lorsque Mary se fut retirée je me lavai encore une

fois avec de l'ean de Cologne. La lumière avait été laissée allumée par mon ordre, et j'étais en train d'arranger mes cheveux devant la glace, quand la porte s'ouvrit doucement et William entra.

Je me précipitai dans ses bras, et aussi ardents l'un que l'autre au plaisir, nous relevâmes nos chemises, et me plaçant contre le mur j'ouvris mes cuisses, et je reçus dans mon petit con le cher objet qui me donnait de si paradisiaques délices. Je le tenais par la taille, tandis qu'il me tenait par les fesses, travaillant vigoureusement ; j'allais à sa rencontre avec une vigueur égale, et bientôt il versa en moi la manne céleste. Le plaisir fut si grand, que je laissai tomber ma tête sur son bras dans un état complet d'inconscience.

Ses baisers me rappellèrent à la réalité.

— Avez-vous fermé la porte à clef, mon cher William?"

— Je ne crois pas."

— Quelle imprudence mon bien-aimé, allez vite mettre le verrou."

Pour m'obéir, il dut se retirer et pour la première fois, je vis le cher objet en pleine lumière, il avait environ 6 pouces de longueur, était gros en pro-portion, rouge, raide et encore humide de ces ré-cents exploits. En regardant sur le parquet, je vis une large tache de quelque chose de blanc.

— Qu'est ce que c'est que cela?"

— C'est mon foutre que j'avais fait jaillir en vous, et que vous avez répandu."

— Comment vouz avez versé tout cela en moi?

cela ne m'étonne plus si j'ai éprouvé tant de plaisir."

— Donnez-moi quelque chose, ma chère Eveline, pour que je puisse l'essuyer."

— Prenez mon mouchoir de poche."

— Cela va le salir.',

— Qu'importe, ne vous occupez pas de cela, et venez vite vous coucher, mon cher ami."

Il obéit, et se coucha sur le lit; quand je m'approchai pour en faire autant il me prit par les cuisses, leva ma chemise, et plaçant sa tête entre mes jambes, il suça, mon petit bouton, introduisit sa langue dans mon con, me donnant ainsi une autre espèce de plaisir dont je n'avais aucune idée. Je me penchai sur lui, et prenant entre mes lèvres le cher objet, je mordis doucement la tête.

— Je vais décharger mon amour."

— Qu'est-ce que vous appelez décharger?"

— C'est-à-dire répandre de la liqueur.

— Faut-il me coucher dans le lit pour la recevoir en moi?"

— Oui cela vaudra mieux."

En un clin d'oeil, je fus couchée, un instant après j'introduisis le doux prisonnier, et en moins de deux minutes je le sentis grossir et brûler.

— Oh! cher William, allez plus doucement, ne déchargez pas tout de suite, vous me tuez de plaisir, Oh! versez-le maintenant. Oh! Oh! Oh!...

Quand il se fut retiré, il se coucha à côté de moi; tout à coup une pensée horrible me saisit de terreur, et m'épouvanta.

2*

— Ciel! mon cher William, si je devenais enceinte je serais perdue, mon père se tuerait, et je serais cause de la mort du plus digne des hommes. Mon Dieu! l'enfant qu'il adore, le déshonorer, le tuer de chagrin!"

— Tranquillisez-vous ma bien-aimée, un tel malheur ne vous arrivera pas."

— Comment ferais-je pour l'empêcher sans me priver de vos embrassements, ce qui pour moi serait pire que la mort."

— Ma chérie, il n'est pas question de cela, il faudra prendre seulement quelques jours avant l'apparition de vos régles, une potion de sabine et de rue, mêlées avec du théraique de Venise et vous prendrez par petites doses jusqu'à ce que vos époques reparaissent."

— Etes-vous sûr que le remède agit toujours?"

— Cela ne manque jamais."

— Qui est-ce qui vous a appris ce secret précieux?"

— Une dame veuve avec laquelle j'ai vécu quelque temps."

, — C'était votre maîtresse, William?"

— Mais oui, ma chérie."

— Alors je ne suis pas votre premier amour."

— Vous êtes ma chérie "

— Comment pouvez-vous aimer tant de différentes femmes."

— Notre nature, ma chère Eveline, est si grossière et si différente de la vôtre, que nous pouvons jouir de certaines femmes sans les aimer."

— Vilain polisson, je suis sûre que vous avez joui de presque toutes les femmes avec lesquelles vous avez vécu."

— Pas du tout, il y en a beaucoup qui m'ont résisté."

— Est-ce que toutes les femmes sont pareilles."

— En aucune façon, il y en a qui sont fidèles à leurs maris, en petit nombre il est vrai, il y en a d'autres qui paraissent quelque fois très vertueuses, et qui sont les plus acharnées au jeu d'amour. Je puis vous donner un exemple ici."

„Dans ma famille, que voulez-vous dire, William?"

„Ce que je dis, et si vous étiez un peu plus dans le secret, vous verriez qu'une lady qui vous est très proche parente, se console souvent dans les bras d'un très heureux coquin."

— Quoi! ma mère! Prenez garde à ce que vous affirmez là, William! Je ne souffrirai pas que l'on calomnie mes parents, et je vous haïrai et ne vous regarderai de ma vie si vous avancez une chose fausse.

— La perte de votre amour serait un très grand malheur pour moi, ma chère Eveline, mais je suis sûr de ce que je dis; si vous regardiez un peu plus de près dans les affaires de votre mère vous verriez que Thompson notre cocher prend souvent la place de votre père quand celui-ci est absent.

— Impossible William, je ne peux pas croire cela. Une femme si vertueuse, déshonorer un homme si digne de tous les respects, ce n'est pas possible.

— Sur mon âme, je vous jure que c'est vrai et vous pourrez vous en convaincre vous-même la première fois que Sir John s'absentera. Faut-il vous apporter demain une bouteille de la potion?

— Certainement, mais faites bien attention de
la cacher.

— N'ayez pas peur, mais laissez-moi encore jouir
de vos charmes divins.

Il monta sur moi, introduisit son vit et nous
allâmes lentement, pour faire durer la jouissance
plus longtemps.

— Qu'est-ce que c'est que cela, mon bien-aimé?

— Ce sont les boules qui contiennent le foutre,
que je répands dans votre petit con."

— Sont-elles toujours pleines?"

— Pas toujours, mais si quand je suis près de vous,
et elles ne sont dures que lorsqu'elles sont pleines."

— Ne pourriez-vous pas les faire entrer aussi?"

— C'est tout à fait impossible, mon ange."

— C'est vraiment dommage, enfoncez-les au moins
autant que vous pouvez."

— Je ne peux pas davantage, je suis enfoncé
jusqu'à la racine."

Nos mouvements augmentèrent, je sentis ses
couilles battre contre mes fesses, mes jambes étaient
en l'air, je saisis ses couilles les pressant légèrement
les chatouillant; elles semblaient grossir et durcir
sous mes attouchements. Je sentis la tête de sa
pine s'enfler, et collant mes lèvres à ses lèvres j'at-
tendis en extase la liqueur céleste."

— Avez-vous une montre William, lui demandai-je?"

— Non, ma chérie."

— Voulez-vous me permettre de vous en faire
cadeau."

— Vos présents auront toujours une double valeur pour moi, ma chère Eveline."

— Seulement je crois qu'il serait plus prudent que je vous donne l'argent et que vous l'achetiez vous-même, qu'en pensez vous?"

— Je crois que cela serait en effet beaucoup plus prudent."

Je me levai immédiatement, et allant à mon secrétaire, je pris une poignée de billets que je lui tendis en lui disant :

— Tenez, William, achetez une belle montre, et du joli linge; mon amour doit être bien habillé, et je peux vous offrir cela, n'ayez aucune crainte, mon grand-père m'a laissé environ deux millions; et je peux dépenser à ma fantaisie, aussi ne vous privez de rien, quant à moi je préviendrai vos désirs, je satisferai même vos folies, mais il faut continuer à m'aimer, tout mon bonheur est en vous, et ma vie dépend de votre fidélité. N'oubliez pas la potion surtout mon bien-aimé.

— Vous l'aurez demain matin, ma chère."

— Viendrez-vous demain soir?"

— Est-ce que nous partons d'ici?"

— Certainement; papa a loué un hôtel dans le faubourg St. Honoré et j'ai choisi une chambre contigüe à celle de mes parents mais parfaitement indépendante, vous pourrez venir chaque soir."

— Je n'y manquerai certainement pas."

— Maintenant il faut que vous en alliez il est trois heures passées."

— Bonne nuit, ma chère Eveline."

— Bonne nuit, William."

Quand il fut parti, je réfléchis profondément à ce qu'il m'avait dit sur ma mère. Je ne pouvais pas le croire, trahir mon père un homme si fidèle et si noble était une action impossible, William certainement la calomniait. Mais il avait offert de me donner des preuves, de me convaincre en me faisant voir de mes propres yeux sa trahison. Je lui en voulais de m'avoir rélévé ce secret, j'aurais préféré ne pas le savoir; mille pensées me traversaient l'esprit; tantôt je souhaitais que ce fut pensé, tantôt je craignais que ce ne fût vrai. Telle est la puissance de l'amour, qu'il sape jusqu'aux plus douces et plus tendres affections de nos jeunes années.

Au, milieu de ces pensées contradictoires, je m'endormis, et quand le lendemain matin, j'embrassai comme d'habitude les joues de ma mère ce fut avec un sentiment de pitié mélangé de dégoût. Je reçus au contraire les caresses de mon père avec tout le respect et la vénération de l'amour filial et de l'admiration, et mes yeux, mouillés de pleurs, auraient pu le convaincre que sa fille rendait justice à ses qualités, mieux que la femme qu'il avait adorée pendant tant d'années.

Nous nous installâmes dans l'après midi à notre hôtel du faubourg St. Honoré, où je pris possession de la chambre que j'avais choisie pour deux raisons, premièrement parce qu'elle faisait le coin de la maison et avait vue sur une avenue étroite, secondement par ce qu'elle était tout près du corridor, où étaient situés les appartements des domestiques.

Mon père étant allé chez l'ambassadeur faire connaître notre arrivée à Paris, plusieurs Anglais et Français vinrent nous rendre visite. La première semaine notre maison fut littéralement encombrée de princes, de ducs, de marquis, de comtes, vicomtes, barons, lords, chevaliers et beaucoup d'autres qui désiraient être présentés à la jolie, et riche jeune fille de Sir John C..... Nous fûmes invités à des bals, des dîners, des concerts, des raouts; nous fûmes même présentés à la cour. J'étais constamment entourée d'une légion d'admirateurs, jeunes et vieux, qui semblaient rivaliser d'ardeur à celui qui me recevrait avec le compliment obligatoire *vis à vis de* 100,000 livres ou deux millions et demi de francs. Quelle fortune! comme on me trouvait belle! Cent vingt cinq mille francs de rente! Quelle charmante créature! on pourrait devenir pair de France! Qu'elle est gracieuse dans ses mouvements! on serait qualifié pour la députation! Comme elle parle bien français! on pourrait avoir de beaux chevaux! Comme elle danse avec élégance!

Au bois de Boulogne et aux champs Elysées, mon cheval était le centre d'un bataillon de cavaliers nobles et élégants qui tenaient à honneur d'escorter la belle et riche Anglaise, quelques-uns me comparaient à Diane revenant de la chasse, quelques uns à Vénus, d'autres à Minerve, d'autres à Cléopâtre etc. etc, que sais-je! les uns louaient la beauté de mon cheval, d'autres admiraient l'adresse avec laquelle je le dirigeais, les uns me demandaient l'adresse de mon sellier, d'autres désiraient savoir où j'avais eu ma cravache.

Deux millions et demi! quelle fortune! Chacun essayait de se faire bien venir par un bon mot, un jeu d'esprit, une flatterie! Hélas! l'héritière restait insensible à toutes ces brillantes flatteries, leur mérite était trop délicat pour être remarqué et apprécié par moi. Je riais cependant à leurs saillies, souriais à leurs réparties à leurs compliments.

Chacun se croyait le favori, et l'indifférente Eveline, retournait avec délices dans les bras d'un simple valet.

Il y avait environs deux mois, que notre liaison durait, et j'étais de plus en plus attachée à William, quand je crus m'apercevoir qu'il avait une autre intrigue. La dernière semaine il n'était venu me voir que trois fois, était seulement resté une demi-heure chaque fois.

Je l'observai adroitement, et découvris bientôt une secrète intelligence entre lui et ma femme de chambre. Pour me convaincre, et en même temps pour le confondre de sa basse trahison, je me cachai une nuit, dans l'angle du corridor, et je le vis distinctement quitter la chambre de Mary, vers les trois heures du matin. Comme il passait devant moi, je lui murmurai:"

— C'est bien, je sais ce que je voulais savoir et je m'enfuis dans ma chambre où je m'enfermai me jetant sur mon lit dans une crise de désespoir.

Malheureuse Eveline! être la maîtresse dédaignée d'un valet de basse extraction, être abandonnée pour ta femme de chambre, te voir le rebut de ton domestique, misérable fille: tu as sacrifié ta vertu à un homme que tu ne connaissais pas ! Hélas à quoi serviront tes larmes? changeront-elles ta situation ? cela te rendra-t-il ce que tu as perdu pour jamais?"

Au contraire elles peuvent détruire ta beauté et t'empêcher de jouir de ces plaisirs qui sont devenus indispensables à ton existence.

Allons, Eveline debout, reviens à toi, dédaigne le misérable, laisse-le se repaître de plaisirs vulgaires avec sa basse complice; ton mépris le punira suffisamment, la privation de tes présents lui apprendra à apprécier la femme qu'il a lâchement sacrifiée; il y a d'autres hommes plus dignes que lui pour prendre sa place. Mais si il fait connaître nos relations, si il publie ma faute, si lui et sa complice parlent de ma condescendance!... Ils n'oseront pas, ils seraient punis comme calomniateurs. Je suis trop puissante, trop riche, pour craindre la vengeance de quelques domestiques, je les traiterai comme si rien ne s'était passé, comme des inférieurs, mais je saisirai la première occasion pour me débarrasser d'eux.

Ma résolution prise, je leur parlai le lendemain avec le ton et l'autorité d'une maîtresse, et j'évitai soigneusement de rester seule avec mon séducteur, assistant à tous les amusements offerts par la capitale, et fermant ma porte au verrou chaque soir. Environ quinze jours après je fis part à ma mère des soupçons que j'avais conçus sur la conduite de William et de Mary, et lui demandai de les renvoyer, sans explication, sous prétexte du scandale qu'ils pourraient causer. Elle y consentit, et ils furent peu de jours après renvoyés à Londres, sous le prétexte de préparer notre maison pour le retour. A leur arrivée, notre homme d'affaires, avait ordre de leur payer trois mois de gages, et de les renvoyer. Je n'ai jamais plus entendu parler d'eux depuis.

CHAPITRE II.

ARRIVÉE DE MON FRÈRE. — CE QUI ARRIVA PENDANT SON SÉJOUR A PARIS.

William fut remplacé par un jeune noir, nommé Robert, natif du Congo, arrivé tout récemment de la Guadeloupe, et qui avait été chaudement recommandé à mon père comme un garçon honnête et fidèle; Mary fut remplacée par une jeune femme des environs d'Orléans, appellée Sophie; ainsi entourée je repris ma tranquilité d'esprit.

Je m'amusais à écouter les compliments de mes beaux papillons parisiens, je passais mes matinées soit à cheval, soit au marché au fleurs, soit dans les différents musées de Paris. Mes soirées étaient prises, par les bals, les concerts, les théâtres où une multitude de ces papillons tourbillonnaient autour de moi, et je puis affirmer au lecteur, sans vanité, qu'il ne dépendait que de moi, d'ajouter à mon nom d'Eveline le titre de princesse, duchesse, maréchale, marquise etc. Ces titres cependant ne flattaient pas mon ambition, ou peut-être ne la satisfaisaient pas, et je continuai à rester simplement Eveline C... en dépit de Monsieur le Prince et de Monsieur le Duc.

Cette vie tranquille, convenait mal à mon tempérament ardent, et je commençai à sentir les effets d'une longue abstinence de voluptés sensuelles, presque nécessaires à mon existence. Mon sang coulait chaud et bouillant dans mes veines; le toucher d'un homme m'électrisait, et produisait une sensation brûlante entre mes cuisses et dans ma poitrine.

J'avais des maux de tête, des vertiges et ayant vu par hasard des animaux s'accoupler devant moi, je m'évanouis presque; je devins pâle et languissante, je faisais toutes les nuits des rêves libidineux, et mes pensées étaient continuellement sur les moyens de satisfaire mes penchants, sans faire souffrir ma réputation, et sans m'exposer à la trahison d'un domestique.

Je pensai d'abord à admettre quelques uns de mes amoureux, dans le secret de mes amusements, mais leur caractère léger et frivole, me fit craindre d'être bientôt le sujet de leur vantardise triomphante.

Je ne connaissais pas assez nos serviteurs pour les admettre dans mon intimité, et je devenais de plus en plus nerveuse, lorsque mon père voulut absolument appeler un médecin.

Une consultation fut tenue au sujet de ma maladie, les savants médecins tatèrent mon pouls, secouèrent leurs têtes, déclarèrent que j'avais une fièvre lente, et m'ordonnèrent des sinapismes aux pieds, et de la quinine La quinine augmenta la violence de mes étourdissements, et les sinapismes ne firent qu'irriter mon sang. Les plus célèbres docteurs vinrent deux fois par jour, et touchèrent chaque fois leur quarante francs. Ces savants docteurs déclarèrent que la persévérance seule, dans les remèdes prescrits, amèneraient la guérison, mais cette guérison, au grand bénéfice de la poche de ces messieurs, se fit longtemps attendre.

Mon père devint sérieusement inquiet et me proposa de faire venir de Londres, le médecins les plus célèbres de la faculté. Je lui demandai seulement d'envoyer chercher mon frère, que je n'avais pas vu depuis quelque temps, et dont la présence me distrairait en me rappelant mes jeux et mes plaisirs enfantins. Thompson, notre cocher, fut immédiatement envoyé à Dieppe avec la voiture de voyage et avec ordre de louer un bateau. S'il n'y avait pas de bateau prêt à partir, de laisser la voiture à Dieppe et à son arrivée à Brighton d'aller en toute hâte à Etion, et de ramener mon cher Frédéric avec toute la rapidité possible.

Pendant ce temps les docteurs trouvant que ma guérison se faisait attendre, m'ordonnèrent de pendre un bain froid, comme si un bain froid pouvait guérir une jeune fille de seize ans, qui était privée d'homme. Cinq fois cependant je me soumis à l'ordonnance et mes douleurs de tête augmentaient d'intensité, quand une voiture entra dans la cour amenant mon cher Frédéric. En un moment je fus dans ses bras.

— Mon très cher frère, m'écriai-je".

— Ma sœur bien-aimée, comme vous êtes malade, qu'avez-vous?"

— Votre présence va me guérir, mon cher frère".

— Dieu le veuille, ma chère Eveline, mais où sont Papa et Maman."

— En haut, ils vous attendent."

Nous montâmes et mon père après avoir embrassé Frédéric lui dit: — Votre sœur est très malade, je vous ai envoyé chercher afin que vous lui teniez compagnie que vous l'amusiez et la distrayiez."

Soyez tranquille, mon père, je ferai tout ce qui sera en mon pouvoir pour lui rendre la santé, vous savez comme nous nous aimons."

— Je le sais, mes enfants, eh bien, Frédéric, où allons-nous vous loger?"

— Papa, vous savez que mon frère a l'habitude de dormir avec moi, et je vous prie de ne pas nous séparer."

— Mais votre frère est trop grand maintenant, ma chère.

— Je n'ai que quatorze ans, papa?

— C'est vrai, mais vous êtes vraiment trop grand pour coucher avec votre sœur.

— Oh! je vous en prie papa, laissez-le coucher avec moi.

— Faites comme vous voudrez, mon amour, je n'aime pas à vous contrarier.

— Merci, merci, papa. Venez voir, Frédéric, les jolies choses que j'ai achetées pour vous.

Nous tenant par la main, nous allâmes dans ma chambre, où je lui montrai les bijoux et autres choses que j'avais préparées pour lui, il se jeta dans mes bras pour me remercier, je pressai le cher enfant sur mon cœur, déposant mille baisers sur ses lèvres roses.

— Je vais moi-même mettre votre montre Frédéric, et pendant que je remplaçais sa vieille montre par une jolie montre à répétition, je vis une protubérance dans son pantalon, qui me fit comprendre que mon frère était composé comme moi de chair et desang; comme je me baissais il se pencha et m'embrassa sur la nuque.

— Eh! bien, Frédéric, finissez donc, vous me faites frissonner. — Sophie, envoyez Robert chez Mr. Staub lui dire de venir immédiatement, de même que chez Kakoski. — Aimez-vous cette cravate, mon cher Frédéric ?

—Elle est fort belle, ma chère Eveline, et je l'aimerais tout à fait si vous vouliez l'attacher vous-même autour de mon cou.

— Avec plaisir, et comme c'est bientôt l'heure du dîner, pendant que je vais m'habiller, vous irez changer de costume dans le cabinet de toilette; quand vous serez prêt j'irai vous mettre votre cravate et parfumer vos cheveux. Sophie, portez de l'eau et de l'eau de Cologne dans le cabinet pour Mr. Frédéric.   3

Je me déshabillai, et lorsque je fus en corset e en petit jupon, mes épaules et mes bras nus, j'allai frapper à la porte.

— Etes-vous prêt, Frédéric?

— Oui, ma chère sœur.

Pendant que j'étais en train d'arranger ses beaux cheveux bruns, le petit polisson pencha la tête et m'embrassa juste au milieu des seins; je lui donnai une légère tape qui n'eut aucun effet car il recommença aussitôt.

— Voyons, Frédéric, finissez, si la servante entrait elle pourrait avoir des idées étranges."

Ses joues se couvrirent de rougeur, mais son œil lança un éclair qui me révéla que mon frère, quelque jeune qu'il fût, était déjà dévoré de désirs.

Cette pensée fit bouillir le sang dans mes veines, et abaissant mon regard j'aperçus plus forte cette fois la même proéminence qui n'était certes pas l'effet du hasard. De peur que ma femme de chambre ne s'aperçut de son trouble, je le priai de rester dans le cabinet jusqu'à ce que je l'appelle, et je rentrai dans ma chambre finir ma toilette.

— Voici Mr. Staub, Mademoiselle."

— Faites entrer, Sophie."

— Mr. Staub, mon frère arrivé de Londres, ce matin, a besoin de deux pardessus, l'un bleu foncé et l'autre gris, d'un complet, et de deux habits, en outre vous lui ferez des pantalons blancs, et trois paires de culottes de daim pour monter à cheval. Et il faut que demain matin à neuf heures nous ayons une paire de culottes le veston bleu et un oli gilet."

— Mais c'est impossible, Mademoiselle."

— Comment impossible et pourquoi ?"

— Nous avons trop peu de temps."

— Il y a beaucoup de tailleurs que consentiront à travailler la nuit pour faire ce qui je désire, et si vous ne voulez pas . . .

— Vous les aurez demain matin sans faute Mademoiselle."

— C'est bien, je compte sur vous."

— Mr. Kakoski, vous voudrez bien faire pour mon frère deux paires de bottes deux paires de souliers pour la marche, et deux paires de souliers de bal; il me faut absolument une paire de bottines pour demain matin à 9 heures."

— Vous les aurez Mademoiselle."

— Vous enverrez, chez Davier, rue Coquillère chercher des éperons d'argent que vous fixerez aux bottes que vous devez envoyer demain."

— Bien, Mademoiselle."

— Allons, Frédéric, descendons, le dîner va être servi desuite."

— Eh bien, Eveline, ma chère amie, comment vous sentez-vous?"

— Un peu mieux, cher père, mon mal de tête est beaucoup moins violent"

Nous dînâmes et passâmes la soirée en famille, jusqu'à neuf heures, quand Frédéric, prétextant de la fatigue et moi de ma maladie, nous nous retirâmes. Je fis déshabiller mon frère dans le cabinet de

3*

toilette, et lorsque je fus couchée, je priai Sophie
d'éteindre les lumières, et d'avertir Frédéric qu'il
pouvait venir me rejoindre. Lorsqu'il fut près du
lit il se pencha et chercha mes lèvres, je les lui
offris et le priai de se coucher immédiatement.
J'étais tournée du côté gauche, ma chemise levée
jusqu'à la poitrine, mais je me retournai du côté
droit de façon à ce que mon dos fût de son côté,
et prenant sa main gauche, je la maintins tout
contre mon derrière, et d'une de mes jambes
j'enlaçai les siennes, tout en lui souhaitant une
bonne nuit. Mes fesses touchaient son ventre, et je
sentis tout à coup une petite chose dure qui se
pressait contre elles. Je restai immobile, voulant
que la nature fut la seule coupable dans cette
action, mais j'étais si excitée en sentant sa petite
pine dure et raide toucher mon con brûlant par
dessus la chemise, que je brûlais du désir de la
recevoir. Frédéric souleva sa chemise d'une main
timide, craignant de m'offenser, resta quelques
minutes sans bouger, puis, voyant que je ne remu-
ais pas, il fit un léger mouvement en avant, qui
plaça sa pine entre mes petites lèvres, je levai ma
jambe gauche en avançant le derrière, ce qui fit
entrer toute la tête de son vit, il fit un nouveau
mouvement en avant, et il se trouva enfoncé
jusqu'à la racine.

— Ma chère Eveline."
— Mon cher garçon."
— Quelle sensation divine!"
— Oh! mon cher Frédéric, pousse, encore ....

encore,... un torrent de délices courut dans mes veines, et me coupa la parole.''

L'effet fut merveilleux, je sentis mon sang couler avec plus de rapidité, ma tête sembla prête à éclater, une sensation de chaleur se répandit dans mes membres, et un frisson délicieux m'envahit toute entière; je crus que j'allais mourir, puis tout d'un coup, les douleurs de tête s'évanouirent, mon sang se calma, mes nerfs se détendirent, j'étais rendue à la vie, à la santé.

Toute la science des savants docteurs n'avait pu produire ce qu'un gamin de quatorze ans avait opéré en une minute; il est vrai que le remède est immoral, contraire à la religion, aux bonnes mœurs, aux préjugés et surtout contraire aux intérêts de Messieurs les Docteurs.

— Voulez-vous venir sur moi, Frédéric, retirez-vous pour un instant et placez-vous entre mes cuisses, là, maintenant vous pouvez entrer... comme il est gros et dur, comme il palpite! il est entré maintenant, tenez-vous bien contre moi.

— Ma chère Eveline, quel plaisir vous me donnez!

— N'allez pas si vite, mon cher enfant, poussez bien droit, un peu plus fort maintenant.

— Oh! je sens que ça vient. Oh... Oh!...

— Décharge en moi, mon adoré... Oh!... je le sens... Oh! Ah!... Nous retombâmes anéantis dans les bras l'un de l'autre, oubliant le monde et tout ce qui n'était pas nous, les lèvres unies, confondant nos respirations embrasées, cherchant nos langues; nous ne faisions qu'un. Trois fois encore ce vaillant garçon me transporta dans le monde des joies paradisiaques, m'étonnant par sa vigueur et sa force plutôt viriles, que d'un âge si tendre. Que sera-ce quand dans quelques années, il atteindra la plénitude de ses formes et de sa puissance; heureuse la femme qui le possèdera alors, dans toute la force de sa jeunesse triomphante.

— Non, non, mon cher Frédéric, c'est assez, voilà la cinquième fois que vous déchargeriez, cela pourrait vous rendre malade.

— Mais demain matin, Eveline, voudrez vous?

— Certainement, si l'occasion s'en présente avant que Sophie n'entre. Le lendemain matin aussitôt que nous fûmes habillés, je fis la leçon à mon frère sur sa conduite à venir.

— Faites attention, mon cher Frédéric, lui dis-je, de ne prendre aucune liberté avec moi devant quelqu'un; nous aurons assez le loisir de jouir en secret, pour être prudents en public.

— N'ayez aucune crainte, ma chère sœur, je ne suis qu'un enfant, mais je sais que la discrétion est un des premiers devoirs d'un honnête homme, ma conduite ne compromettra jamais l'adorée de mon âme.

Quand j'entrai au salon, mon père me complimenta sur ma bonne mine, j'étais fraiche et rose et mes yeux brillaient d'un éclat inaccoutumé, j'étais pleine de gratitude pour le remède que les savants docteurs avaient oublié de me prescrire.

— Monterez-vous à cheval ce matin, mes enfants?

— Certainement, papa, avec votre permission je

montrerai à mon frère les Champs-Elysées, et le Bois-de-Boulogne. Voulez-vous nous accompagner?

— Je ne peux pas, ma chère enfant, j'ai des affaires qui m'appellent ce matin à l'Ambassade. A quelle heure désirez-vous les chevaux?"

— A onze heures."

Pendant ce temps le tailleur et le bottier, exacts à leur parole, avaient envoyé les habits et les bottes de mon frère qui se trouvèrent entièrement à son goût, et me valurent mille remercîments de sa part. Aussitôt qu'il eut revêtu ses nouveaux habits, qui lui allaient à merveille, je le trouvai si joli et si gracieux, que je ne pus m'empêcher de le serrer dans mes bras et de le couvrir de baisers; le petit polisson voulut en profiter pour mettre à profit la promesse que je lui avais faite la nuit précédente, mais je lui fis comprendre que Sophie pouvait entrer d'un moment à l'autre dans la cour où les chevaux nous attendaient.

Nous nous dirigeâmes vers le Bois-de-Boulogne en passant par les Champs-Elysées et la barrière de l'Etoile; j'avais choisi cette heure matinale, afin que notre tête-à-tête ne fut pas interrompu par ces mêmes papillons qui voltigeaient chaque jour autour de moi, et qui devaient à cette heure-là, réparer dans un sommeil bienfaisant les ravages causés par le jeu et les femmes.

A peine dans le bois, nous descendîmes de cheval et d'un commun accord nous pénétrâmes dans un épais fourré bien caché à tous les regards.

— Redardez donc, Eveline, cet endroit ne vous semble-t-il le temple de l'amour?"

— En effet, mon chéri, en tout cas, nous allons nous en servir comme tel."

— Ah! vous allez donc tenir votre promesse, ma chère Eveline? Venez je vais vous faire un tapis avec mon pardessus.

— Mais non, nous serons tout aussi bien sur le tronc de cet arbre qui semble placé là tout exprès

— Je m'assis sur le tronc moussu et relevai mes jupes; Frédéric vint se placer devant moi sur ses genoux, baisant passionnément ma petite fente.

— Comme cela sent bon, disait-il, entrecoupant ses phrases de petits baisers, je crois que la rose fraichement épanouie n'est pas plus odorante. Mais comment cela se fait-il, ma chère, que vous ayiez à cet endroit beaucoup plus de poils que moi?

— Mais tout simplement parce que je suis plus âgée que vous, mon cher ami."

— Voyez, mon adorée, comme mon vit palpite et languit de désirs, laissez-moi l'entrer tout doucement, oh! quel délice! quelle chaleur enivrante!"

— Oh! cher frère, pousse fort, encore.... encore.... oh! je déchargè... je me..., meurs... verse tout en moi.... tout ton foutre... Oh!...

Trois fois je mourus de volupté dans ses bras, et mon jeune Hercule était aussi vaillant au troisième assaut qu'au premier; il aurait fourni volontiers une quatrième course, mais je m'y opposai fermement soucieuse de sa santé et de sa fraîcheur, tout en rendant hommage à la vigueur de ses

étreintes et aux charmes de ses caresses, si extra-
ordinaires chez un enfant de quatorze ans.

— Allons, Frédéric, il est près de trois heures
il nous faut rentrer.

— Comme vous êtes cruelle, ma chère petite
sœur, laissez-moi encore une fois fourrager dans
ce joli petit buisson.

— Mon cher ami, soyez certain que je ne vous
refuse pas sans motif un plaisir auquel vous tenez
tant, en me privant moi-même des voluptés qui
m'enivrent, mais vous êtes trop jeune pour abuser
impunément de vos forces; ne m'accusez donc pas
de cruauté car rien au monde, ni supplications, ni
prières, ne fera changer ma volonté quand il sera
question de votre santé.

— En tout cas, ma chère sœur, vous consentirez
bien cette nuit à lever l'interdiction.

— Oui, mais vous serez plus raisonnable que la
nuit passée; pourquoi souriez-vous? on dirait que
vous doutez de ma sagesse.

— Les serments d'amoureux sont les esclaves
des passions."

— Où avez-vous appris cela, petit coquin?

— Dans la nature et dans vos yeux d'azur.

— Mes yeux trahissent donc mes pensées secrètes?

— On y lit comme dans un livre, ma bien-aimée.

— Petit monstre, vous êtes en vérité un très
bon physionomiste.

Il y avait ce soir-là dîner et soirée dansante à
l'hôtel; mon père avait invité une brillante assemb-
lée pour présenter son fils.

Je passai à ma toilette plus de temps qu'à l'ordinaire, quoiqu'elle ne fut que d'une élégante simplicité, je donnai aussi un coup d'œil à celle de mon frère qui portait des culottes blanches avec des bas de soie blancs, un gilet de piqué blanc, et un habit bleu. Lorsque nous entrâmes dans le salon, un murmure d'admiration nous accueillit et prouva à notre père, charmé et ravi, que ses deux enfants avaient peu d'égaux dans le monde. Il prit Frédéric par la main pour le présenter à chaque personne de la compagnie, et mon cœur se gonfla de joie en contemplant la grâce avec laquelle, l'objet de mon adoration recevait leurs compliments. J'étais assise à côté du jeune duc de M . . . . fils du célèbre maréchal de ce nom, qui, tout Parisien qu'il était, ne put s'empêcher de me complimenter sur la grâce juvénile de mon frère.

Le dîner me sépara de Frédéric qui resta silencieux, tout le temps du repas, mangeant à peine, et observant d'un œil jaloux les moindres actions du duc placé à côté de moi.

— Vous ne mangez pas Frédéric, êtes-vous souffrant?"

— Pas du tout, ma chère Eveline, mais je n'ai pas faim!"

— Tenez, mon cher ami, mangez ce morceau de volaille que je vous envoie."

— En vérité, Mademoiselle, votre frère vous semble fort attaché.

— Nous nous aimons tendrement Mr. le duc.

— C'est un fort joli enfant. — Je pensais en moi-même, que cet enfant était certainement plus viril que le jeune efféminé qui me parlait."

Lorsqu'on revint au salon, on me pria d'exécuter sur la harpe une sonate de Rossini qui était fort admirée des Parisiens ; j'y consentis à la condition que le duc de M*** qui avait un réel talent sur la flûte, m'accompagnerait. Le duc enchanté de montrer sa virtuosité et de recevoir des applaudissements, accepta avec empressement ; nous enlevâmes donc notre morceau avec un brio qui nous valut de chaleureux éloges.

Mais, apercevant un sourire un peu ironique sur les lèvres de Frédéric, je compris qu'il se sentait de force à égaler sinon à surpasser l'habileté du duc, et voulant faire juger par la compagnie la différence qu'il pouvait y avoir entre les deux, je priai Frédéric de bien vouloir à son tour m'accompagner sur la flûte l'ouverture de la Vestale de Rossini.

— Vous savez bien, ma chère sœur, que je n'ai jamais joué en public.

— Il faut un commencement à tout.

— De plus, je vous avoue que je n'ai jamais joué cette ouverture et que je la trouve trop difficile.

— Pas du tout, vous la jouerez très bien et je suis sure que vous vous en tirerez à votre honneur.

Mon père prit alors la parole et pria son fils de se faire entendre à la société qui était très désireuse de juger son talent. Frédéric alors obéit, prit la flute, et, après avoir préludé d'ne manière brillante, enleva l'ouverture avec un goût, un style et une virtuosité merveilleuse. Ce fut un concert d'éloges, tout le monde le félicitait, l'applaudissait; mes parents, fiers du succès de leur fils, triomphaient, et au milieu de ces louanges je regardai le duc de M*** qui se mordait les lèvres de dépit.

— J'étais enchantée que le cher enfant eût par deux fois donné une leçon à la vanité du noble duc.

On se prépara alors à danser, et ayant promis à celui-ci le premier quadrille, je choisis pour partenaire mon frère et Mademoiselle de R . . . une élégante danseuse, pensant que là encore mon cher Frédéric brillerait au détriment du grand seigneur, ce qui ce manqua pas d'arriver car on eût pu opposer aux grâces du danseur chez le duc, l'élégance et le charme d'un gentlemen dans les manières de mon petit frère.

Ce soir-là, lorsque nous nous fûmes retirés dans notre chambre; Frédéric, jaloux des attentions que le duc de M*** avait pour moi, me fit des reproches de m'être laissée ainsi accaparer par lui. Mais je lui expliquai que le noble duc de M*** était un des fervents adorateurs, dont je m'amusais, sans les prendre au sérieux, et que du reste si quelqu'un avait à se plaindre, c'était certainement le duc qui avait été blessé dans son amour-propre. Frédéric m'ayant assuré que rien ne pouvait lui être plus agréable que de déplaire au duc de M***, je le persuadai de venir à un assaut d'escrime qui devait avoir lieu le dimanche suivant, aux Variétés, et auquel celui-ci, renommé comme fin tireur, devait prendre part. — Je vous en prie, mon cher ami, ajoutai-je, faites voir que la Tamise peut produire d'aussi bonnes lames que la Seine et tâchez d'infliger à votre ennemi, une défaite qui vous couvrira de gloire. Frédéric, après quelques hésitations, consentit à essayer.

Cette conversation avait lieu dans notre lit, dans un moment d'accalmie après nos combats amoureux, mais mon frère voyant que je fermais à-demi les yeux murmura doucement à mon oreille.

— Eveline, je vous en prie, encore une fois avant de dormir.

— Mais non, mon chéri, ce serait la troisième fois et il faut garder vos forces pour l'assaut de dimanche.

— Vos caresses me donnent, au contraire, une force nouvelle, ma bien-aimée.

— Non, impossible, mon cher, attendez jusqu'à demain matin.

— Petite sœur, une fois, une seule fois, voyez comme il bande.

— En effet, il est presque aussi gros que mon poignet, et brûlant.

— Veux-tu que je te le mette?

— Je le mettrai bien moi-même.

— Suis-je assez loin ?

— Je le sens jusqu'au fond de mes entrailles oh! va plus doucement, la jouissance est plus délieuse.

— Oh! Eveline je sens que je vais décharger oh! reçois mon foutre, ma sœur, ma chère petite sœur... Oh !... Oh !...

Nous nous endormîmes après cette scène dans les bras l'un de l'autre.

Lorsque je m'éveillai il faisait grand jour, je me penchai sur Frédéric et l'embrassai sur les yeux, instantanément il fut réveillé.

— Oh! Eveline je rêvais justement de vous.

— Que rêviez-vous donc?

— Je rêvais que je vous tenais dans mes bras sur un lit de roses, dans un berceau de jasmins et de lilas, et regardez un peu dans quel état m'a mis mon rêve.

— Il faut vous calmer, mon cher frère, ce sera pour une autre fois.

— Me calmer, dans vos bras alors, ma chère sœur!

— Non.

— Si.

— Non.

— Pardieu, de gré ou de force je vous aurai.

— Ah! vous me faites mal, ne soyez pas si violent.

— Ouvrez vos jambes alors.

— Ah! vous l'avez entré.

— Je savais bien que j'y arriverais.

— Un léger coup frappé à la porte interrompit notre extase.

— Ciel! Frédéric, voilà Sophie!

— Que la diable l'emporte!

— Faites semblant de dormir.

— Mademoiselle, il est onze heures.

— C'est bon, Sophie, ne faites pas de bruit, mon frère dort encore, allez me chercher un peu d'eau chaude.

Aussitôt qu'elle fut partie, je fis lever Frédéric, en lui ordonnant d'aller vite s'habiller dans le cabinet de toilette mais avant de partir le cher gamin se penchant vers moi, murmura:

— Quand me payerez-vous, Eveline?

— Dans la journée, mauvais créancier, lui répondis-je en riant.

Quand nous descendîmes nous trouvâmes mon père prêt à nous accompagner dans notre promenade à cheval, mais nous fûmes très étonnés en arrivant dans la cour de voir, tout sellé, Congo, un magnifique cheval anglais difficile et nerveux, que mon père lui-même avait beaucoup de peine à dompter.

— Qui a commandé de seller ce cheval, demanda mon père

— C'est votre fils, Mylord.

— Est-ce que vous voulez vous rompre le cou Frédéric, rappelez-vous que je n'ai que vous pour hériter de mon mon.

— Justement, cher père, étant l'héritier de votre nom, je dois l'être de votre courage; du reste n'ayez aucune crainte, je veux simplement faire voir à un certain duc comment un gentleman anglais monte à cheval. Allons, chère sœur, calmez vos craintes et laissez-moi vous aider à monter à cheval. Congo se tint tranquille jusqu'aux Champs-Elysées, mais arrivé là, la foule des cavaliers et le bruit l'excitant, il commença à plonger, à ruer, à se cabrer et à tourner comme une toupie. Son cavalier était cependant comme rivé sur sa selle, malgré les mou-

vements désordonnés de sa monture, les femmes se
mirent à crier; je devins horriblement pâle, et mon
père se porta du côté de son fils pour lui prêter
main forte, mais Frédéric lui fit signe de la main,
et plongeant ses éperons dans les flancs de son
cheval, il partit au galop, mais un galop furieux
et emballé; nous nous lançâmes à sa poursuite, je
le voyais de temps en temps presser ses éperons
dans les flancs ensanglantés de Congo ; celui-ci
furieux, essayait en vain de se débarrasser de son
cavalier; j'étais sur le point de m'évanouir,, mon
père devint livide, mais soudain le cheval, que les
éperons ne cessaient de martyriser, sentant sa résistance inutile, se calma et Frédéric le ramena
devant nous, au petit trot. La multitude rassurée
et charmée du courage de mon frère, éclata en
applaudissements, le duc de M*** qui passait juste
à ce moment, assista une fois de plus au triomphe
de Frédéric et ne put s'empêcher de me dire en
passant à côté de moi :

— Votre frère, Mademoiselle Eveline, est vraiment
un cavalier accompli.

Dans le courant de la journée Frédéric se res-
souvenant de ma prommesse, me dit en plaisantant:

— Vous savez que vous êtes ma débitrice, Eveline.

— Hélas, mon cher je suis une débitrice insol-
vable, car je ne pense pas remplir mes engagements.

— Et pourquoi cela, chère sœur?

— Parce que je suis indisposée et que je ne
pourrai vous satisfaire que dans trois jours.

— Malade, mais il faut envoyer chercher le docteur.

— Le docteur ne servirait absolument à rien dans mon cas, mon cher Frédéric, c'est une indisposition qui me vient tous les mois et qui me dure quelques jours, mais comme je ne veux pas que vous vous ennuyiez pendant ce temps, vous irez faire un petit voyage à Orléans avec mon père.

Frédéric opposa une vive résistance à ce projet, mais je lui promis tant qu'il ne serait absent que trois jours, et qu'à son retour, il me trouverait plus disposée que jamais à continuer nos exploits amoureux, qu'il se laissa persuader, et consentit à pendre la distraction que je lui procurais.

Mon père et mon frère partis pour Orléans, je pensai que l'ocasion était bonne pour m'assurer si William m'avait dit la vérité au sujet de ma mère et du cocher Thompson. A cet effet, je perçai un petit trou dans la boiserie du cabinet de toilette qui donnait dans la chambre à coucher de ma mère et vers minuit quand je fus assurée que tout le monde était couché, j'éteignis ma lumière et me plaçai à mon observataire. Quelques minutes s'écoulèrent dans le silence le plus complet, puis la porte de la chambre de ma mère s'ouvrit doucement et cocher entra lentement, une lanterne sourde à la main. Il s'approcha du lit, rejeta les couvertures, et saisissant ma mère dans ses bras, il la posa en travers du lit; celle-ci de son côté ne perdit point de temps et commença à lui déboutonner son pantalon. La façon dont il était placé me permettait de voir sa pine, qui était d'une grosseur vraiment extraordinaire, et qui devait mesurer au moins neuf pouces de longueur.

4

Thompson releva les jambes de ma mère sur ses hanches, et introduisit son dard, qui semblait vraiment connaître le chemin, tant il y mit de promptitude et de facilité. Quant à elle, croisant les jambes sur les reins de son fouteur, elle commença à lui renvoyer les vigoureuses poussées qu'il lui donnait, avec tant de zèle et d'ardeur qu'au bout de deux minutes je les vis frissonner et mourir du dernier spasme de la volupté.

Ce spectacle me fit un tel effet que je pensai m'évanouir, et je me précipitai sur mon lit où je restai longtemps inerte et sans pensée. Toute la nuit je rêvai du membre monstrueux, je l'avais constamment devant les yeux, réveillée ou non, et quelques efforts que je fisse, je ne pus le bannir de mon esprit. Etait-ce la jalousie ou le dégoût qui me faisait presque défaillir ? Je ne pouvais résoudre cette question, mais le lendemain au lieu de monter à cheval, je préférai me promener dans la voiture, et lorsque je me trouvai en présence de Thompson je sentis une sensation brûlante dans un certain endroit placé au-dessous de la poitrine, et pour la première fois je restai sur le perron pour le voir rentrer ses chevaux, admirant sa force herculéenne. Les jours suivants je me fis suivre par lui, à cheval, l'appelant souvent auprès de moi sous n'importe que lui prétexte, et lui donnant plus souvent son nom de Thompson que celui de cocher.

Le troisième jour, mon père et Frédéric revinrent, celui-ci plus ardent et plus amoureux que jamais.

La première nuit de son retour fut une nuit de volupté exquise, ayant été tous les deux privés depuis quelques jours ; mais je ne voulus pas cependant lui permettre d'abuser de ses forces, car le fameux assaut avait lieu le lendemain, et je voulais qu'il fût en pleine possession de tous ses moyens pour paraître devant le Tout-Paris qui devait se trouver là.

La séance était fixée pour midi; vers dix heures je fis monter Frédéric dans ma chambre pour l'habiller, mais à peine la porte fut-elle fermée que le petit diable s'élançant dans mes bras, me supplia de lui laisser faire l'amour avant de partir, sous prétexte que mes baisers lui donneraient une force et une vigueur nouvelle.

— Mais mon petit Hercule, rappelez-vous que ce sera la sixième fois depuis hier soir,

— Qu'importe, mon Eveline, vos bras sont pour moi une source de jeunesse, laissez-moi vous prouver encore une fois l'ardeur de mon adoration.

— Eh bien, viens, mon Frédéric, viens encore une fois mourir de volupté sur mon sein.

Nous nous jetâmes sur notre lit, enlacés, caressant chacun nos parties secrètes puis, me saisissant du cher objet je l'introduisis doucement jusqu'à ce que je sentis ses couilles battre contre mes fesses, je glissai une main de façon à les manier, pendant que, penché sur moi, il me suçait le bout des seins son vit devenait de plus en plus dur et plus chaud, j'élevai mes jambes en l'air pour lui permettre d'enfoncer plus avant, et soudain le spasme aigu d'une volupté inouïe nous saisit tous les deux, pendant que nos bouches murmuraient.

— Oh mon Frédéric!
— Oh mon Eveline!

Lorsque nous revînmes à nous, l'heure avait marché, nous avions juste le temps de procéder à une toilette hâtive.

Je lui fis mettre des culottes blanches, des bas de soie blancs, de légers escarpins, un gilet de soie blanc et son habit bleu. Lorsque nous arrivâmes au théâtre, les numéros étaient tirés, et la première personne qui tira avec lui était un officier de dragons qu'il boutonna à chaque coup. La jeunesse et la beauté de mon frère attiraient tous les regards; tous les yeux étaient fixés sur lui, surtout au moment où le sort désigna le comte de Bondy comme son second partenaire.

— Je n'ai jamais tiré avec un si jeune adversaire, fit observer le comte.

— J'essayerai de mériter l'honneur que vous me faites, Monsieur le comte, répondit Frédéric.

Ils se mirent en garde, et rapidement l'action s'engagea; peu à peu de Bondy, la première lame de France, sentant le jeu serré de son adversaire, perdit son sang froid, Frédéric conservait son calme et dans un dégagé, toucha de Bondy qui loyalement lui dit :

— Jeune homme, vous êtes le premier qui avez vaincu de Bondy.

— Comte, j'en suis excessivement fier.

Le duc de M*** resté seul vainqueur des précédentes luttes, se trouvait maintenant en présence de Frédéric, c'était le vainqueur de l'autre qui remporterait le prix.

Les deux combattants semblaient deux ennemis, à voir le mutuel regard chargé de haine avec lequel ils se toisaient de la tête aux pieds.

— Duc, point de masque.

— D'accord, Chevalier.

— Pas de bouton.

— Comme vous voudrez.

Mais les assistants s'interposèrent, et on obtint que les épées resteraient mouchetées. A la première passe Frédéric d'un vigoureux coup envoya l'épée du duc rouler à plus de vingt pas. La salle entière applaudit, et mon cher frère fut proclamé le vainqueur de l'assaut.

En rentrant à l'hôtel, mon père nous appela au salon, et s'adressant à Frédéric, il lui annonça que ses vacances ayant assez duré, il devait se préparer à retourner le lendemain en Angleterre. Le cher garçon eut beau prier, demander en grâce une prolongation d'une semaine, invoquer ma santé, mon père fut inexorable sentant que les études de mon frère souffraient de ce séjour prolongé à Paris.

Frédéric voulut aussi essayer vers moi d'obtenir un délai, mais je lui fis compendre que le souci de ses études passait avant nos plaisirs; quant à nos séances amoureuses, elles furent si fréquentes, et le cher enfant mit une telle vaillance à me prouver son amour, que je ne fus pas fâchée pour lui de le voir partir. Notre séparation fut déchirante, on fut obligé de l'arracher de mes bras, et longtemps je pus le voir sur le pont agitant son mouchoir en guise d'adieu.

FIN DU TOME I.

Livres et gravures Recommandés.

La Curiosité Littéraire et Bibliographique.

PARIS 1882, 4 FORTS VOLUMES, (TRÈS-RARE.)

Prix Frs. 75.—.

Contenant 31 divers articles, p. c. Alfred de Musset. (est-il l'auteur de Gamiani?) — Le Décameron de Boccace. — Analyse de Justine et Juliette, — Eclaircissement sur la Satire Sotadique de Nicolas Chorier connue sous le nom d'Aloysia, de Meursius etc. — Les dialogues d'Arétin.

De Sade Les Crimes de l'Amour. Bruxelles 1887.   frs. 25.—

NOUVELLE ÉDITION ABRÉGÉE.

DE

„l'Histoire de Juliette ou les Voluptés du Vice"

PAR

LE MARQUIS DE SADE,

introduite par une biographie de Sade lui-même renferme un portrait et un sommaire de l'ouvrage original (six volumes) orné de dix gravures sur cuivre artistiquement exécutées et donnant une idée claire des scènes décrites avec un talent aussi rare que diabolique.   frs. 15.—

Piron (Oeuvres Badines de) 1 vol. contenant tous les poêmes vraiment érotiques de cet illustre classique. **L'ouvrage à été épuisé depuis 2 ans.**

frs. 7.50

Le Bain d'Amour par Le Bordelais.   frs. 3.—

La Comtesse de Lebos, ou la nouvelle Gamiani, par E. D., auteur de „Mes amours avec Victoire," 1 vol. in-18, papier vergé, orné de 6 gravures vraiment artistiques sur acier . . . . fr. 15.—

Le même avec les grav. coloriées . . . . fr. 20.—

Curiosités (les) de la flagellation. Suite de faits et aventures recueillis par un Amateur flagellant et publiés en deux volumes. Tome I. La Gouvernante du joaillier. Tome II. La pension de Mme. North. Londres in-18, papier vergé. fr. 20.—

Nerciat (Andréa de) **Contes polissons,** ouvrage orné de six jolies illustrations Paris 1891. 1 vol. in 4 papier vergé de Hollande. . . . . fr. 50.—

Les Secrets du Pensionnat,

6 Gravures coloriées à la main, les meilleures et les plus croustillantes Grav. sur Flagellation, qui existent.

Prix frs. 10.—

Les mêmes en noir. „ 5.—

Révélations par l'image des terribles scènes inédites dont le pensionnat de B**** vient d'être le théâtre. On voit les jeunes et jolies élèves coupables saisies, prestement déculottées et mises enfin à nu, pour subir d'affreuses corrections, qui marquent leurs chairs de sanglant rougeurs. Ces jeunes corps dans l'épanouissement de leurs agréables formes sont traités avec les plus cruelles rigueurs. Ces scènes d'un genre tout nouveau rappellent vaguement par les instruments ingénieux qu'on y voit employés, les tortures de la Grande Inquisition d'Espagne.

www.ingramcontent.com/pod-product-compliance
Lightning Source LLC
Chambersburg PA
CBHW071251210626

46818CB00013B/918